날마다 버리라고요

나무시인선 023

날마다 버리라고요

1쇄 발행일 | 2021년 11월 25일

지은이 | 김경옥
펴낸이 | 윤영수
펴낸곳 | 문학나무
편집 기획 | 03085 서울 종로구 동숭4나길 28-1 예일하우스 301호
이메일 | mhnmoo@hanmail.net

출판등록 | 제312-2011-000064호 1991. 1. 5.
영업 마케팅부 | 전화 | 02-302-1250, 팩스 | 02-302-1251
ⓒ김경옥, 2021

ISBN 979 - 11 - 5629 - 130 - 5 03810

날마다 버리라고요

김경옥 시집

문학나무

모두 서로에게 거울이다

시간 지나면
사람도 변한다 하지만
내가 나 아닌 것은 아니다
산다는 것에 의미 달고 토 다는 일.

마스크 때문에 어쩌다 거울을 보니
'이제 마이 묵었다 아이가' 한다.
시간을 날 것으로 먹은 죄책감이 든다.

살아 보니 머리에 입력은 넘쳐도
출력이 초라하고 민망할 수 있고,
별로 입력이 없어도 훌륭한 출력이
나올 수 있는 것이 인생살이 묘미가 아닐는지.

사람 사람의 궤적을 살피면 그런 생각이 든다.

더러 자극 주며 활동하자 손 내밀었지만
밑천도 부실하고 마음 여는 일이 어려운
성격 탓에 그러지 못했다.

진전은 없었지만 번거로운 틀에서 벗어나
허허롭게 써내려간 글이라
진정성은 있다고 위로한다.
독수리 타법으로 타닥타닥 자판기를 치면서,

코로나 전에 다녀온 인도와 스페인의 추억과
몇 년 사이 가족과 친구를 보내는 아픔과 허망함에
서
새 생명이 태어나는 기쁨도 있었다.

코로나 만연으로 일상의 소중함을 깊이 느꼈다.

모두가 숨죽여 있을 때 산하의 물은 흐르고
꽃은 피고 나무는 우거지고 있었다.

　　　　　　　　날마다 버리라고요

오솔길 따라 걸으며 핸드폰을 갖다 댄다
글도 사진도 흡족치 않지만 좋다.

홍 목사님은 '의미 없다'는 나를 '의미 있다'고
끊임없이 독려하여 두 번째 시집이 나오게 되었다.

오랜 친구 진향이는 오십견의 팔을 달래며 타자 친
시를
모니터 위에서 왔다 갔다 하며 글과 사진을 얼추
맞추었다.
마음으로 일일이 감사함을 전한다.

모두는 한 사람에게, 한 사람은 모두에게
서로 돕고 의지하며 세상을 산다.
모두 서로에게 거울이다.

늘 선 자리를 살피겠습니다.

2021년 11월
마포나루에서
저자 김경옥

차례

2부
청기와집 임차인

3부
타지마할

4부
수양 벚꽃

작품 평설 _ 홍사안 시인 · 중남미문화원 이사

1부
날마다 버리라고요

날마다 버리라고요

나뭇가지에 앉은 눈이 녹아서
후드득 후드득
비도 아닌 것이
눈도 아닌 것이
물 되어 떨어진다

어제는 눈 오는 흐린 날씨
오늘은 '쨍' 소리 날 것 같은
하늘에 뭉게구름

길상사 '진영각'
법정스님 보고 앉았다
길고 가는 눈매다
매섭게 꽤 뚫어 보신다

'왜요, 스님!'

〈

'절대로 간소하게 살고
날마다 버리라고요!'

'버리면 간소하게 되고
간소하려면 버려야 되는데
둘이 아니네요'

'눈감으면 저절로 해결될 일
아닌가요'

'중생인데
간단한 일입니까'
어깃장 놓아 본다

삶의 가르침과 깨우침을
주신 향성香聲과 글들
늘 읽고 새기면
몸과 마음에 다함이 없겠지만…

청정 비구로 사신 스님도

날마다 버리라고요

열반에 드시면서
당신의 이름으로
책을 만들지 말라 하셨다

부처님도 49년 설하신 후
'나는 아무 말도 안했다'
잡아떼신다

공空을 깨우치기 위한
긴 설법인가

있는 것 같지만
모든 것은 없는 것인가

번뇌 망상은 구름같이
모였다 흩어지는 것

궁구窮究하여
찾는 길인가

비로소 스님 얼굴에

보일 듯 말 듯
미소가 보인다

마당가 작은 돌확에
하늘이 가득 들어 있다

창령사의 미소

돌 속에 든 나한들
일일이 정으로 쪼아서
꺼낸다

갖가지 표정으로
고해를 해탈로
탈바꿈하는 재주

돌 속에서
미쳐 못 꺼낸 나한도 있다

몸은 바위에 숨기고
얼굴만 '갸웃' 내민다

부리부리 여드름
총각 나한

〈

무엇이 들었을까 궁금한
왕짱구 나한

여의보주 두 개 들고
흡족한 웃음 못 감추는
나한
나한들

돌 쪼는 장난질에
까르르 웃는 불심들
보는 이를 웃게 한다

화강암 심연에 든 나한을
꺼내려는 석수와

중생 곁에 나오려는
나한들의 사투가
방 가득하다

* 영월 창령사 옛 절터를 발굴하여 한 자 반 정도의 372명의 나한을 수습하여
  중앙박물관에서 선을 보였다

날마다 버리라고요

후쿠시마의 백구

온 천지가 캄캄하여
분간할 수 없던 날
산 같은 검은 바다가 덮쳤다

혼 혼 혼들은
바다에 둥둥 떠가고
몸뚱이는 패대기쳐졌다

달아날 수조차 없던
공포라니

사람들은 모두
어디로 갔을까

이후에
털은 빠지고

검은 종기가 덮었다

캄캄한 밤의 쥐떼들
개 무시하고
밥을 챙긴다

목줄에 꽁꽁 묶여
꼼짝없이 된다

배는 고프고
삭신은 늘어지고
목은 길게 빠진다

식구들이 돌아와
목줄이 풀릴 때까지

살 수도 죽을 수도
도망갈 수도 없다

빨간 십자가 완장 찬 사람들이
재빨리 물과 밥을 놓고 간다

날마다 버리라고요

봄비

기다리고 기다리던
봄비 내린다

봄 가뭄에
타던 초목들
정신 번쩍 든다

세찬 비 맞아
잎들이 퍼렇게 멍들어도

좌우로 흔들리며
아우, 아우 소리 연발한다

오늘 오는 비 내일도
붙잡고 싶어라

날마다 버리라고요

불면

행여나 하고
한 알의 약을 삼키고
자리에 든다

한쪽 창문이 훤하다
'웬 불빛'
창문을 열었더니
중천에 뜬 하얀 달이

아!
내게 친구해 준다
창을 두드렸구나

삼라가 고요한 밤
유정有情하고 푸른 달과

불면의 나는 친구가 되어
속마음 털어놓고 논다

정신은 또렷하고
몸은 나른해 진다

달은 서쪽으로 잦아지고
창문에 어둠이 내린다

아직도
깨어있는 의식을 자자고
달래보다 포기한다

뉴런 한 개가 끊어져 버렸는지
알 수가 없다

전전반측의 긴 밤
창문 동살에 먹빛이
슬몃슬몃 눈치 보며
사라진다

날마다 버리라고요

기신거리는 몸을 수습한다
정신도 쓸 만하다
반은 건져서
아침이면 느릿느릿 일어난다

세 교수

가까운 동료였던 세 교수
정년하고 코로나로 칩거했다
드문드문 들어오던 특강도 끊겼다

코로나가 숙지근하니 얼굴 보자고 만났다
적당히 설렁탕 한 그릇씩 때우고
소주 한 병 따서 나누어 마셨다

전화로 수시로 만났던 터라
할 말도 딱히 없어
서로의 숨소리만 듣고 있다

'일어나자' 그중 한 명이 말했다
'아이스크림이라도 입가심할까'
'그러지 뭐'
한 스쿠프씩 주문했더니

날마다 버리라고요

이빨도 시리고 가게도
썰렁하다

'일어서자'
5시 30분에 만나
6시 30분밖에 안 되었다
'참, 하루해 기네'
누군가 말했다

싸락눈이 흩날리는 거리로
묵묵히 각자의 집으로 헤어졌다

뱃사람의 기도

오늘 하루도 당신의 은혜 속에
그물을 던졌습니다
수확의 많고 적음은 개의치 않습니다

단지
당신이 허락한 만큼 저희도
만족합니다

풍요로운 수확은 나눔의
기쁨 알게 하시고

적은 수확에는
내일의 희망을 채워 주시는
당신의 역사에
순종합니다

날마다 버리라고요

일상의 평화를 이웃과 함께
누리게 하시고

오늘의 석양을
보게 하신 것처럼

동트는 내일을
볼 수 있게 허락하소서

오늘도 당신이
온전히 내 마음속에
살아 계시나이다
갑판에 무릎 꿇은
선한 눈들이 메카를 향한다

알라후 아크바

* 이슬람 모두 IS나 탈레반은 아닐 것이다. 아랍 뱃사람들의 그림을 보고 신
  을 경외하는 선한 사람들은 어디나 있다고 느꼈다

평화 마라토너

북 중 국경선을
'열어 달라' 읍소했다

꽁꽁 얼어붙은 나라
문턱 넘기 어려워라

종주국도 문 열었는데
내 나라를 뛸 수가 없다

언제 대문 활짝 열
자신감 생길지

헤이그에서 유라시아, 중국을 거쳐
북한을 통하여 광화문에
입성하려고 했다

한반도기를 가슴에 달고
뛰고 또 뛰었다

사막의 열기도
폭우 속에서도
캉갈의 공격에도
박수 속에서도
그는 멈추지 않았다

함께하는 사람들도
같이 뛰고 마음으로 달렸다

달리고 달려서
반도의 잘린 허리 꿰매는
한 방울의 마중물 되고 싶었다

아직은 때가 아닌 듯
언젠가는 북한 구간을 뛰어서
16,000Km를 채울 것이다

오늘도 그는 달리고

모든 사람들도 평화를 간구하는
기도를 멈추지 않을 것이다

평화 마라토너 강 명 구

날마다 버리라고요

지리산의 산사람

농담 달리하며 산이 산을 업고
말없이 엎드려 있다

살_朴 많은 산
세월 속에 퇴색된
살_煞이 아직도 허공중에 남았을까

삶의 앞이 보이지 않아
더터본 세상

잘난 자 그림자 밟으며 갔다
노인 얼굴 같은 골짜기
좀비처럼 흩어 다니며 살았다

달빛만 의지해서 갔던 무수한 사람들
미궁 속 어둠으로

그들의 사랑과 함께 사라졌다

백魄은 흙이 되고
혼魂은 우주에
흩어져 버렸을까

이상이 밥이 될 수 있을까
모두 잘 먹고 잘 사는
세상이라니

가파른 이념의 대립은
아직도 실체 없이 떠돌고

무리를 이끄는 자도 따르는 자도
허설虛說에 속은 한세상
진한 인간애만 따뜻한 이불 되어 덮었다

봄이 오면 지리산에는 온갖 꽃들 피고
짐승 뛰어다닌다

모두 없던 일로 덮어 버리고

날마다 버리라고요

의연히 생명을 잉태시킨다

역시 살 깊은 산이다

*지리산은 동학혁명, 6.25를 통해 동족 간 살상의 현장이다

어죽집 사장님

오렌지색 스포츠카
풀과 같이 마음대로
어우러진 꽃밭

늦은 매화 한 송이
고목에 붙어서 간당간당
바람과 놀고 있습니다

일곱 대의 크고 작은 피아노
사이사이 아쟁, 꽹과리…
온갖 골동품 모여 '얼쑤' 하고 놉니다

새끼 고양이 눈 감고
삼매에 들었네요

벽이 빼곡하게 그림도 대중없이

날마다 버리라고요

붙어 있습니다
그냥 보면 고물상 같습니다

머리를 베토벤처럼
뒤로 '척' 걷어 올리고
낡은 청바지
헐렁한 잿빛 셔츠

이 모든 것의 주인은
어죽 열심히 끓이는
화천의 어죽집 주인장입니다

곁들인 반찬도
토장을 넣고 만든 어죽도
꽤 맛있었습니다

그가 뭣하던 사람인지는
알 수 없습니다

변사또를 보내며

칠정의 바다를 건너온
우리가
변사또가 웃긴다고
웃겠나

어쩌나 보자고
제짝 하니 무장하고
사또 호색한 놀음에
한 배 타본다

서리 내리고
굴신 어려워도
젊은 열정은
녹슬지도 바래지도
않아서

날마다 버리라고요

농염하니 댓거리하고
언죽번죽거린다

더디어
칼 쓰고 끌려나온 춘향을 보고
변사또 애원하듯
달래듯 어르듯 절절하게

춘향아, 이도령은 되는데
나는 왜 안 되냐고오 하며
달래다
끝내
외장을 친다
삿또오~!
낄끼빠빠지시시오이[1]
솔까말해서[2]
넘사벽이지라[3]
춘향이 매정스레 자른다

무슨 말인지,
눈 뒤집힌 사또

환장되어
길길이 날뛰고
웃픈 사람들
비로소 깨소금이다 함서
박장대소한다

쟁쟁쟁 꽹과리
자리러진다
멀리서
'암행어사 출두여'
소리 들린다

*70대 친구들 춘향전으로 20여 회나 요양원, 요양병원에서 무료공연을 하
  고 있다

---

1) 낄 때 끼고 빠질 때 빠지시오
2) 솔직히 까놓고 말해서
3) 넘을 수 없는 사차원의 벽

날마다 버리라고요

늙어가는 것에 대하여

닦아도
새로울 것도 없고

치워도 옆자리
못 벗어난다

역할은 주는데
쓸모없을까 조바심이다

거울을 탓하면
거울이 사람을 본다

지고 살자니 버겁고
내치자니 아쉽다

뼈마디가 징징대는 소리에

모른 척하며 살자

앎도 전지해야 선명하듯
감정도 가지치기하자

눈 딱 감고
황혼을 리셋 할까

커피 한 잔 마시고
기운 차리자

아!
불면증이 있으니 대추차로
좋아하는 것을 못하는 것이
늙어가는 것인가

이것도 허세다
하던 대로 하자
모두 미생未生이 아닌가

세일링 보트

모두 신경 곤두설 때
당당히 카트 가득 짐을 싣고
공항을 떠난다

사람들은 와글와글 끓다 말고
그는 휘파람 유유히 불며
카리브해를 지날 것이다

눈부신 하늘 하얗게 부서지는 파도
부드러운 바람에 온몸을 맡기며
'니들이 이 맛을 아러' 할 것이다

보트도 소유했으니
본격적으로 대항해 시대가 도래하려나…

사람들도

날마다 버리라고요

길게 나무라지 않는다
되레 '좋아요' 꾸욱 누른다

일탈은 당황스럽지만
유쾌하다

그럴 수 있는 사람도
아무나가 아니다

세대 차이

남인 듯 아닌 듯
먼 듯 가까운 듯

무심한 듯 유심한 듯
서서히 멀어져간다

여유를
지루하게 생각하는 세대

무언가 하지 않으면 불안해서
항상 쫓긴다

강박과 조급은
일상이 되었다

MZ세대는 다른 모습으로

날마다 버리라고요

세상을 이어갈 것이다

구세대는 신세대가
앱만 잔뜩 깔아 놓은걸

뭐하는 것인 줄도 모르고
눌러 보지도 못한다

기계는 더욱 인간을 조여 오고
휴머노이드[1]가 아닌
아예, 인간 될 것이다

그 복잡한 삶 속으로 들어가지
않을 만치 산다는 게
얼마나 다행인지

---

1) 휴머노이드. 인간과 유사하게 만든 로봇

어떤 청년

노점도 아닌 길바닥에
딸기 상자 쌓아 놓고
청년이 섰다

처음 하는 일일까
을씨년스러워서일까
사람을 등지고 차도를 본다

겨울밤을 질주하는 헤드라이트
바람이 살을 에인다

때 없이 수확되어
잡혀온 딸기도
새파랗게 질려 있다

청년은 대책 없이

날마다 버리라고요

귀를 문지르고 섰고

사람들은 종종걸음으로
못 본 채 사라진다

빈 공간

말이 헤픈 날은
마음속에 공간이 생겨 헛헛하다

먹어서 채우던지
자책으로 채운다

무언가로 채우지 말고
빈 상태로

아무렇지 않은 듯
가만히 들여다보는

연습 중

날마다 버리라고요

청기와집 임차인

만면에 미소 띠고
어깨 부풀리며 호기롭게
링 위에 올랐다

챔피언은 내가 먹었다
그 순간부터 관중은 흔든다
휘슬 울리기 전에 타올 던지라 한다

낯가림은 시작되고
브레이크 걸어도
엑셀레이트 지그시 밟는다

조급증은 침묵이
금인가 은인가 재촉이다

물 아래 백조의 발길질은

날마다 버리라고요

우아함에 묻혀 버린다

여기저기 마이크 잡고
당동벌이黨同伐異에
열심이다

말로 심장을 찌르고
치유되기 전에
시간이 덮는다

유구한 역사는 조상님 음덕 보태어
가다 서다 굴러간다

관전은 무한의
자유가 허락되는 것일까

뜻은 높아도
완생은 없다

철되면 여기저기 불쑥불쑥
알록달록 포장되어 나타난다

〈

한 채뿐인 청기와집
희망 임차인들 줄을 선다

사람 잘 들이는 것도
임대인의 복이다

터가 센 곳이라 방 뺄
계절이 오면 모두 귀가 쫑긋하다

날마다 버리라고요

파로호에 재 올리는 목사님들

무슨 인연 있어 모인
하나님의 일꾼 일곱 목사님들
'대붕호 전사자 신위' 앞에
두 손 모두고 숙연하게 섰다

머릿고기, 생선, 푸짐한 산적
인절미에 절편, 삼색나물과 전유어
갖춘 과일들
다듬고 오린 문어조文魚條까지
정성 한 상이다

전국에 이름 없는 청춘들 넋을
위로하기 칠 년 세월

일제 강점기 댐 건설에
한국전에 중공군과 인민군들이

떼죽음한 물 무덤

'유세에 차아'
축문이 시작된다
무녀의 방울 소리와 사설이 늘어지고
목사님들의 깊은 절이 이어진다

'이제는 돌아보지 말고
훨훨 날라 가시시요이'
차례로 잔 가득 따루어
두 손 받들어 올린다

사위는 고요하고 엄숙하다
소지 태워 허공에 세우니
하얗게 타서 흔적 없이 사라진다

철 지난 하얀 나비가
줄지어 나르고
파로호도 고유하는 소리를 듣는 듯
너울거리던 물결을 멈춘다

*세상은 일 만들어 하는 사람들 때문에 더욱 따뜻한지 모른다
*대붕호는 파로호의 옛 이름

갑질

마음 챙기고 챙겨서
길 나선다

벼루어서 내딛 걸음
'딱' 마주치면 두근두근
휘모리장단을 친다

속말은 감추고 심상히 말한다
갑질도 참 오래 한다

지우개가 있으면
대책 없는 마음 지우고 싶다

돌아서는 것이 약이다
허공에 말풍선 날리며
되짚어 온다

날마다 버리라고요

〈

한 사람 접으니 한 사람은 모른다
계산하니 이것이 남는 일이다

종이를 접듯 접는다
인생이란 계속 접다 보면
오롯이 나만 남는다

속말 다하고 사는 사람 있을까
평화는 조용히 계속된다

옹이

색색깔로
훈장처럼 박고 산다

빼려고 하면
깊이 박힌다

모르는 척하면
일깨운다

난다하는 사람도
쉬이 못 뺀다

가만히 바라보면
저절로 사라진다

물거품처럼

날마다 버리라고요

일렁이는 그림자처럼
마음 한쪽 무늬일 뿐

아무것도 없는 것이
있는 것 인양
가슴 한 귀퉁이 차지하고

나타났다
사라졌다
할 뿐이다

날마다 버리라고요

아무개의 선택

은밀한 일은
비밀이 없다

페미의
아우라가 가렸을까

믿지 않을 수도
믿을 수도 없는 일이

결백을 말하고 싶었을까
죽음 뒤로 숨어 버렸다

불편한 진실은 아무개의
목숨을 건지지 못했다

어제는 별일이 아니고

오늘은 별일이 되었다

me too
me too
me too라고 한다

민망하다
평생 쌓은 선업이
일시에 흔들린다

대유학자도 '성성자惺惺子와
경의검敬義劍'을 찼다는데,

사람의 마음은 때로
일렁이는 물결이다

엎치락뒤치락
건들거리는 바람이다

앞사람도 보기가 못 되는
야릇한 일이네

날마다 버리라고요

〈

시정의 안주거리로
소비되고 말 것인지

너는 나에게 나는 너에게
어떤 의미일까

차라리 남성들이 me too, me too하고
호소하는 일을 보는 것이 빠를지

오직 산 자들의 말만 떠돌고
죽은 자는 할 말이 없다

다른 생각

떨뜨려한 이름 남긴
독립유공자 집안

부친은 조부 도와 만주로 북간도를
어릴 때부터 누볐다

손자는 열혈 태극기 부대다
집안 행사에 만나면
광화문과 대한문으로 갈린다

결이 다른
평행선은 끝을 모르고
내달린다

사뭇 진지하나
양보는 없다

〈

가족도 서로 편이 갈려서
합쳤다 헤어졌다 바쁘다

저마다 목소리에 힘이 실리는 세대
권위로 생각을 바꿀 수 없다

증손자는 어떤 생각으로
살지 궁금하다

날마다 버리라고요

봉하살이

봄볕에 까맣게 그을려도
마음은 복사꽃이어라

적막을 거름삼아 뿌리니
사방이 꽃동산이다
섬백리향은 슬슬 기어 둔덕을 덮었다

수목들도
눈길, 손길 보태니
날마다 새날이다

충견 백구도 이제 늙어
일어날 때면 '아구구' 한다

할 일이 태산이다
촉觸이 살아서

감感을 움직인다

수줍고 겸연쩍은 사나이는
우직한 믿음으로
척박한 땅에 자리를 틀었다

감당할 수 없는 사랑도
어처구니없는 척빈도
세월에 실려 보내고

몸도 마음도
봉하의 일부가 되었다

박석에 핀 사랑의 글
꽃물처럼 가슴에 번지고

엉켰던 실타래 풀리듯
사람 사는 세상으로
한 발씩 나아간다

멀고 가까운 곳에

날마다 버리라고요

따뜻한 마음들이 있어
버거운 삶도 힘을 던다

화포천변에는
아이들의 해맑은 웃음소리가
떠난 자의 소망을
환히 밝히고 있다

꿈

평화를 쏘는데 미사일을
쏠 수 있을까

친구하자고 하면
손을 슬며시 내밀까

서로 다름을 알아가기엔
그 세월만큼 지나야 할까

귀를 기울였다 퉁바리 치고
따져 보다 몽니 부리고
풀렸다 도삽 부리는 것으로 보인다

그러다 협박의 무기
핵은 산화되어 버리면 좋겠다

밀땅은 계속되고
세월은 흐른다

무기 살 돈으로 평화를 산다면
나라 살림도 늘어날 텐데

한쪽씩 발 담근 나라들이
주판 튀기지 말고
팡팡 밀어주면 좋겠다

평화 올림픽을 마치고 평양으로
기약 없이 돌아갔다
지난한 세월이 기다리고 있겠지
뭔가 말이 될 듯 감동하다
돌아서 엎어버리니 허탈하다

잘 보이려고
가리왕산 왕창 버혀진 수목들의
희생은 어찌할까

명절이면 북향재배하고

날마다 버리라고요

우시던 아버지

사촌 조카들만 남았을 고향
함경남도 정평군
마식령 스키장 옆이라던데…

한 조각의 뼈

3년이나 뱅골 회오리
닻을 내렸던 배

조심조심 천근의 무게
세상에 드러나네

녹슬고 삭아
문드러진 모습

검은 바닷속 진실
거르고 거른다

작은 뼈 한 조각
'엄마' 부르면 뛰쳐나온다
그리워, 그리워…

날마다 버리라고요

육탈되어 귀만 살아
뭍 소식 기다리고 기다렸다

아
다 쓸려가 버리고
붉게 붉게 산화된 배만 남고

비취 같은 호수 팽목바다
무심한 물결만 살랑대고

흔적

해감내 풍기며
비가 내린다
보도블록 사이로

쏘옥, 푸른 생명들이
올라온다

비 그치면
흔적 없이 사라진다

어떤 씨앗이
싹을 피웠는지
아무 관심도 없다

얼마나 많은 생명들이
왔다 가는지 모른다

날마다 버리라고요

〈

모두 언젠가는 잊혀질
생명들이다

인생도 표박하다
가는 것이다

창공에 흔적 남기지 않는
새같이

비행기를 타고 아래를 내려다보면
장난감처럼 보인다
더 위로 가면 구름 위다

천국문

이제는 눈 감고 귀 막고
입 닫고 살라 한다

눈도 침침하고
귀도 때로 헛듣고
입도 까탈을 부린다

아직도 노욕을 부리고
참견하고 싶은가
노해老害다

입 막고
귀 막고
못 본 척

선한 생각만 하면서

아이와 같이 되어야
천국문이 열릴까

날마다 버리라고요

출근길

손거울에 빨려 들어간다
파운데이션을 자근자근 눌러 준다

누르딩딩하던 얼굴이 감쪽같다
볼 터치로 스윽스윽 생기를 준다

지하철은 달린다

눈을 치뜨면서 뷰러로
동자 올렸다 내렸다 하며
마스카라를 칠한다
아이라인에 살짝 음영을 넣어준다

지하철은 달린다

입술을 그리고

아래위를 마주 닿아
'빠아' 하고 다시 또 그린다

산뜻하게 되었다
퍼프로 두드린다
이미 문신이 된 눈썹

'나모나쿠
광화문 광화문 에끼데스'

황급히 사람들이 내린다
따각따각 하이힐 소리 내며
그녀도 내렸다
탈 사람 탄다
지하철은 서서히 속력을 낸다

날마다 버리라고요

핑계

다 비우고
가는 길인 줄 알기에

아무것도 채우지 않았다
비우려는 수고 안 해도 된다

아니, 처음부터 빈손이었다
아니, 삶은 언제나 저절로 간다

가벼워서 뒤돌아보지 않고 '슈우웅'
날아갈 것 같다

모든 관계를 끊는 것이
자유를 얻는 길

연연하면 연에 걸려

엎어지면 날 수가 없다

날마다 버리라고요

하트 아일랜드

지구촌이 끙끙 댄다
바이러스 비말이 공기가 된다
역병엔 질서도 두서도 없다

뉴욕
각 나라말을 하는 사람들이
하루 종일 벅적이던 곳

어딘가 내 발자국 남았을
타임스퀘어도 사람 그림자
찾을 수 없다

핵이 터져도 바퀴벌레와
맨하탄은 멀쩡하다 했는데
테러로 바이러스로 상처났다

지옥과 천당이 있던 곳은
침묵과 공포로만 남았다

못 치운 시신은
비닐에 담겨 빈자리
짐짝이 된다

급조된 목관에 실려
섬으로 간다

시급 받고 판 긴 구덩이
차례로 묻힌다
흰 깃대 척척 꽂힌다
롱아일랜드 *끄트머리*
아름다운 섬

곡소리 없는 무덤
연고 없는 외로운 이들
말없이 받는 어머니의 품이다

쓰나미 역병

날마다 버리라고요

끝이 보이지 않는다
비손하며 인간의 탐욕을
반성하며 뉘우친다

비상이 일상이 되니
일상이 비상이다

알란 쿠르디
— IS에 쫓긴 3세 소년의 죽음

.

작은 생명이
해변 모래톱에
잠들었다

엉덩이께로 내려간 바지
허리 위로 말린 빨간 셔츠

시리아에서 터키로
다시 그리스로
쫓기는 가족

만선의 보트에 밀려
터키 해변에
몸을 부렸다

비로소 주림과 공포에서 해방이다

날마다 버리라고요

대지는 어린 생명을 깊이 품었다

하늘로 올라간 천사를
죽음보다 못한 삶들이
부러운 눈길로 덮는다

지하철

김밥 옆구리 터지듯
쏟아져 나온다

화살표를 따라
번호를 따라
글을 따라
바삐 흩어진다

눈에 불 켠 사람들 사이
덜떨어진 한 사람
멀뚱거리고 서서
이리저리 받히고 섰다

용케 내렸는데
어디로 가야할지 모른다

날마다 버리라고요

방패와 칼의 춤

장안의 고수 둘이 붙었다
'잘났다' 소리만 듣고 산 사람들
칼과 방패는 서로를 무시한다

둘이 허공에서 일합을 겨루고
이합, 삼합…
칼은 방패가 마수걸이도 안 된다고 본다

쪽수가 많아 떼로 몰려가
되알지게 방패 구석구석 뒤진다
방패는 나가떨어진다

칼이 이긴 듯했다
그러다 주위가 부산하다

상대도 따져보고

뒤져보고 짚어본다

허접한 일들이
널렸다
누구는 방패에게
누구는 칼에게
역성을 들지만

조자룡의 칼이
허공을 함부로 가를 때
헌 칼이 되고 만다

가재, 붕어, 개구리들만
언제나 와글거리다 만다

현란한 말들이
허공에서 춤을 춘다

칼을 벼려서 잘 쓰면
방패는 필요 없을 텐데

산뜻한 봄비 좋아했더니
하늘에서 먼지 같이 내렸네

기생충

어떤 이는 기생충으로 대단한
아카데미상도 타는데

누구는 기생충만 못하다고 질타한다
상도 되고 말도 되고 코미디도 된다

기생충을
그대로 보는 사람
끄집어내어 보고
뒤집어 보고
헤집어 보는 사람도 있다

기생충은 숙주에 기대어
정직하게 조금씩 양분을
빨아먹을 뿐 염치 없는 짓은
안 한다고 누구는 말한다

날마다 버리라고요

〈

기생충은 나대지 않는다
다만 하던 일을 할 뿐이다

기생충을 빗대어
무임승차하던 사람도
수틀리면 기생충도
당황하게 한다

인심 후하다

식전 입가심용으로
삶은 땅콩, 고등, 옥수수 그리고
신선한 구근 야채, 찐 새우 등

드디어
생선회가 나오고
삶은 소라가 나오고
산낙지가 꾸물거리고
빨강 고기 구이가 나오고
튀김이 나오고
전이 나오고
콘치즈가 나오고
묵은 김치와
샐러드와 파채무침
각종 양념장에

날마다 버리라고요

이제 식사 차례다
오지그릇에 담긴
매운탕이 지글거리며 나오고
밥과 어묵볶음, 오징어 젖, 시금치나물
방풍장아찌가 찬으로 나온다
먹고 먹어도 음식이 줄지 않는다
다 맛있다 일어서기도 힘드네

집에 와서 뭘 먹었나 적었는데
또 빠진 게 있으려나
고모가 아는 집이라 더 차렸나

한정식은 끝없이 음식이 나온다
빠지면 주인도 손님도 섭섭해서일까

타지마할

뭄타즈 마할은 어떤 여자였을까

하렘에는 아름다운 후궁들이
차고 넘쳤을 것이다

황제는 그녀를 본 순간
사랑에 빠져 버렸다

지혜와 관용, 그리고
미모의 뭄타즈 마할

샤자한은 전쟁 중에도 늘 그녀와
함께했다

그녀의 재치와 결단은
황제에게 힘이 실렸을 것이다

날마다 버리라고요

〈

열네 번째 아기를 낳다 죽은 그녀
하룻저녁에 백발이 되어 버린 황제

황제는 약속했다
세상에서 가장 아름다운
무덤을 만들어 주겠노라고

네가 가면 내 그림자도
따라갈 것이라고

세상의 장인들을 불러 모으고
온갖 보석을 실어 나르고
코끼리 1000여 마리가
흰 대리석과 붉은 사암을 실어 날랐다

22년의 세월은
세상에 둘도 없는 빼어난
'백색의 진주'를 탄생시켰다

섬세하고 화려한 아라베스크

벌집 모라카베
피에트라 두라의 영롱한 빛

문양의 끝없는 반복과
세밀의 극치

튤립과 푸크시아, 아이리스와 장미
야자수와 사이프러스 나무가
보석들로 투각되어 영원히 만발하여
향기를 더할 것이다

황제는 재정을 거덜낸 죄를 물어
유폐되었다

타지마할이 훤히 보이는 아그라성
7년을 황제는 무지개다리에서
그녀를 만났다

말하지 않고도 대화하고
만지지 않아도 사랑을 나누었다

　　　　　　　　　날마다 버리라고요

영묘는 오묘한 빛으로 하루를 보내고
해가 지면 붉은 노을에 싸인다
달 아래, 별 아래, 바람 부는 야무나 강은
다시 만날 약속으로 출렁인다

죽음도 떼놓을 수 없는
사랑이 있을까

샤자한에게 언제나 꽃나이였던
그녀만 의미가 있었다

다 이루지 못한 연緣과
한恨은 기적을 낳았다

각처 사람들이
구름같이 밀려와 덧신을 여미고

숨죽이며
그들의 밀어에 귀 기울인다

한 남자로부터 받은 세기적 무덤

타지마할은 위대한 사랑의 힘이
늘 살아 있음을 보여 준다

*인도에서 열린 한 세미나에 부부가 참석하여 이 건축물을 볼 수 있었던 것
 은 행운이었다
*공장 매연과 야무나 강 수량 감소로 '백색의 진주'를 지키려는 사람들의 손
 길이 분주하다

날마다 버리라고요

제주 용왕난드르 풍경

봇짐을 내려놓고
돌담에 꽃이 되어 본다
아스라하게 마라도와 가파도가
거뭇거뭇 보인다

뒤에는 '박수기정'이 병풍 되어
아늑하다

청회색 바다는 눈뜨면
왈칵 가슴에 안기어
간밤의 일을 속살거린다

순간, 무한한 것이
내 것이 된다 와아!

그곳에는 수더분한 돌이와

바싹 마른 순이가 있다

마당 이쪽저쪽으로
뚝뚝 이별시켜 놓았다

아침이면 목을 내미는
돌이와 산책을 간다
착한 돌이

순이는 돌이와 이별이 서러운지
짖어서 가까이 못 간다

동네 개들은
아침 잠깐 목줄이 풀렸다

누가 떼 가지도 않는
집을 지키느라 지나가는
사람마다 의심하며 컹컹 짖는다

들어갈 때

날마다 버리라고요

현관 옆 아마릴리스
붉게 환영하더니

가려고 나서니
고개 외로 꼬고
못 본 채 한다

아프리카 아이들을 위해
자선음악회도 연다는
돌담에 머무는 멋진 사장님

가게에서 개 간식을 쓸어다
맡기고 왔다

다시 가면 개 목줄을 풀어 주리라,
분홍 송엽국이 보이니 그곳이 그립다

미하스의 당나귀

스페인 남부 미하스
주홍색 지붕을 이고
하얀 집들이 태양에 바래고 있다

고산 도시
푸에블로 블랑코

집과 길 그리고 꽃이
동화나라로 이끈다

미끌미끌
잘 닦여진 언덕길

위태위태
관광객을 태우고
당나귀가 간다

날마다 버리라고요

〈

길과 나귀의 발굽이
부딪치는 소리
달그락달그락

낡은 오색치장에
댕그랑댕그랑 방울 소리

초점 흐린 순한 눈으로
비뚤비뚤 걷는다

현역 은퇴한 당나귀와 검은 마부는
관광객이 던지는 동전으로
빵과 여물을 산다

창에 비친 나일강

아랍에미리트 항공을 타고
나일강과 함께 흐른다
멀리 보이는 선연한 물줄기

도도하게
허옇게 물살을 드러내며
기세등등하게 흐른다

아프리카를 흐르는 젖줄은
부락 부락 멈추어 수유를 하고
또 흐른다

모래바람도 넓게 품어
사라졌다 나타났다
숨바꼭질하며 흐른다

날마다 버리라고요

어디까지 흐르려나
청나일과 백나일까지
가려나

아프리카의 보배 같은 강줄기
사행을 이루며 흐른다

'맛있는 스낵 한 개 어떠세요'
건강하고 아름다운 승무원이
환하게 웃고 있다

앗!
나일강이 시야에서 사라졌다

제주도 구좌읍

방파제 길게 팔을 뻗어
바다를 안았다

해를 등지고 천천히 걷는다
내 그림자
앞서간다

길게 길게 늘어진 그림자
나 아닌 나

파란 하늘과 넘실대는 옥색 바닷물
걷고 또 걷는다

멀리서 보면 바다로 이어져 있지만
아무리 걸어도

　　　　　　　　　　날마다 버리라고요

바다와 나는 일정 거리를
두고 있다

늘 끝이 있다고 착각하고 산다

보리마당

관광책자에 난
유달산 '보리마당'을 찾아
물어물어 간다

'바로 돌아서면 거긴디여
오른짝으로 가시시여'

'아니여 왼짝으로 가도 데여
아무짝을 가도 다데여'

'아니여 아니여 이져불고 내쳐가여
거럼 보리마당이 나오는디'

… 사람마다 다르다
구불구불 골목길

날마다 버리라고요

이리 더듬 저리 더듬
돌 박힌 비탈길
숨 가쁘게 올랐더니

유달산 허리
보리마당은
간 곳 없고 싱겁게
신작로 누웠더라

모다 맞는 말이어라
곡석 대신 차로 바뀌었스라

제주도 대평리에서

'돌담에 꽃 머무는 집'
올레길 8길과 9길 사이
통창으로 보이는 쪽빛 바다

방을 잡고
골목 따라
세상과 소통한다

골목 끝자락에
어느 집 담장 밖

금귤 한 주
다닥다닥 풍성하게 달렸다

보기만으로 궁금해
날며 들며 한 개씩

날마다 버리라고요

새콤달콤 즐기는데

나중에 알았다
손대면 벌금이란 걸

길가에 지천으로 널린 귤
아무도 관심 갖지 않았다

알알이 노랑 열매
모른 채 지나치니
마음이 알궂다

어제와 오늘이 다르다

담벼락 시화전

유달산 자락 보리마당 아래
한창
시화전이 열렸다

낮은 슬라브
담벼락마다
시가 걸렸다

어른 되어 한글 깨친 사람들
삐뚤삐뚤 진솔한 글

평생 한 쌓인 시간들
아무런 가식 없이

속엣 것을 날것으로
토吐한 것 같은

〈

생생한 언어들이
삶에 엮인 세월을 풀어낸다

두 다리 뻗고 가슴 치며
나온 듯도 하고

구구절절 사설 붙이면 마당놀이
한 대목이다

자식과 지아비와 시집살이
산 설움이
고스란히 묻어 있다
이제는 모두
황혼에 선 사람들

회환이
담벼락에 말하는 것 같다

'누가, 내 말 좀 들어 보소
내 산 세월 책이 몇 권이요'
하실 듯

날마다 버리라고요

백룡동굴

푸른 동강물 따라
백룡동굴 흐른다

컴컴하고 습하고
미끄럽단다

두 시간 트레킹을
족히 해야 하는
인간 냄새 덜 배인 동굴

진기한
종류석과 기암괴석
널렸단다

'가보아야겠네'
그러나

〈

9세 이하 65세 이상은 입장 불가라네

9세 이하 65세 이상이 동일군인가

갑자기 둘 사이가 친구 된 기분이다

날마다 버리라고요

모로코 탕헤르

깊은 밤바다는 흰 거품 물고
물속 깊이 자취를 감추었다
포효하기를 거듭한다

나그네는 몸을 뒤척이며
아스라하게
떠나온 곳을 더듬는다

바닷물 소리 잦아지며
해변은 아침을 맞는다

삽상한 바닷바람은
부드럽게 몰려왔다
잔잔한 모래톱을 때린다

바다 건너 도시를 보며

긴 여정을 꿈꾼 희대의 여행가
이븐 바투타

법관이자 학자였던
스물한 살의 그는
길 떠날 일이 가벼웠을까

형제애에 기대어
신념으로 무장하고
앎이 두려움을 덮었을까

'이븐 바투타의 여행기'를
따라가면 당시의
개방된 사회와

진기한 풍속들이
3대륙에 걸쳐
장황하게 펼쳐진다

담력과 호기심 그리고
온전한 자유의 몸으로

날마다 버리라고요

700여 년 전 이 해안에 섰던 젊은이

여행의 시작점이며
24년 만에 다시 돌아온
탕헤르 해안

코발트빛 지부롤트
해협을 굽어보며
나이를 잊는다

알람브라 궁전의 물

(1)

시에라네바다 산맥의 만년설
산을 타고 초원을 가로질러
머나 먼 길

들쭉날쭉
흘러 흘러

넓디넓은 궁전을
돌아 돌아

열두 마리 사자가 뿜는
수반의 물이 되었다가

병사들의 몸도 식혀 주며
구석구석 은혜롭게 돌다

〈

빙수는 분수되어 뿜어져
정원의 무지개 만들어
물의 궁전을 만들었다

프란시스코 타레가는
스쳐간 여인을 생각하며
'알람브라 궁전의 추억'을 뜯는다

(2)

영욕을 함께한 붉은 요새
아름답고 영화로운 모스크는
장엄한 찬송이 흐르는 교회로
영화와 치욕의 역사가
소용돌이 친 곳

사람 솜씨라 믿기 어려운데
알람브라 궁전 본래 모습은
어떠했을까

눈과 마음으로 다 넣을 수 없는

날마다 버리라고요

아쉬움에

쫄쫄거리며 옛 정취가
남아 있는 물 대롱만
가만히 만져 본다

해인사 홍제암의 추억

법정
서암
일타
관조… 스님들
당대 선승과 학승들

매미 소리와 함께한 수행공부
쉽고 명쾌하게 법문을 전하고
해면처럼 빨아들인다

개울물 소리
뭇 새들 소리
마당 밟는 사각 이는 소리
솔바람 소리
대숲의 소곤거림

날마다 버리라고요

인경 소리는 법당 밑을 맴돌다
허공으로 사라진다

만물이 어우러진 법문
중도와 평상심을 건져
가슴에 심은 공부

그럭저럭 살아온 것도
마음 한구석 흔적같이 남은
그해 여름의 청정한
기운 덕은 아닐는지

수양 벗꽃

휘휘 늘어진 가지마다
몽글몽글 꽃 달았다

하늘에서 부드럽게
흘러내린 가지가지들

쉼 없이 흔들린다
잎 잎 꽃잎이
는개비 되어 내린다

하늘 가득
늘어진 수양 벗꽃

숨이 멎는다
짓궂은 봄바람이 슬슬 간지럼 태우니
'우핫하…' 하고

날마다 버리라고요

온 하늘에 꽃바람을
하얗게 토해 버렸다

목 길게 늘이어 비 맞는다
아! 정신 줄 놓게 하는
도홍빛 밭이어라

떨어져도
떨어져도
한없이 끝없이
달리고 날리는 꽃바람

꽃피자 떨어지기를
꽃 지자 떨어지기를
봄 내내 하려나 보네

*현충원에는 봄이면 벚꽃이 만발하여 돌아가신 영령들도 도화색에 물든다

날마다 버리라고요

청매화

모자를 쓰고
마스크로 채비한다

시샘달[1) 견디는
매화를 가만히 들여다본다

가지 끝에 붙은 얇디얇은
다섯 잎 설중매

수술이 기운차게 뻗었다
청매 주위를 벌들이 쉴 새 없이
꿀을 찾아 윙윙댄다

가까이 다가가
흠흠 향기를 맡는다
눈과 코 꽃이 하나가 되었다

〈

엄동에 봄을 준비한
작지만 도도한 꽃
보고 또 본다

---

1) 2월의 순우리말

오리 가족

이른 봄 반짝이는 강물 위에
남실남실 바람에 실려

두둥실 어디론가 떠나는
청둥오리 떼

지난겨울 짝짝이 데이트 즐기더니
식구를 많이 불렀다

〈

어미 오리 으스대며 앞장서고
잠기락 뜨락 따르는 새끼들

아비 오리는
물비늘 거스르며

한참 뒤에 남처럼
떨어져 넘실거린다

하염없이 쳐다만 보아도
흐뭇하다

숲 명상

물소리…
새소리…
벌레소리…
바람소리…
빗소리

숲은 온갖 소리 어우러져
녹음 짙어진다

아스라한 곳에서
지척까지

가만히
소리들을 하나씩 지워간다

끝내

날마다 버리라고요

제 몸 바위에 부딪쳐
떨어지는 물소리만 남는다

양팔 벌려
한 그루 나무가 되어
비를 맞는다

단전부터
안개처럼 서서히 오르는
환희 삼매
아, 나는 없다

장마 사이

웃비 걷힌 사이
잠깐 하늘이 비었다

물 실린 노랑 물봉선
보라색 맥문동 카펫이 깔렸다

수컷 매미들 합창이 자지러진다
'맴맴 매에맴'

우화한 순간 가야하는
얄궂은 생生

일제히
짝 찾는 애타는 구애
소나기처럼 귀로 박힌다

날마다 버리라고요

처서 지나면 극악스레
울던 울음도 힘 빠져

'후덕 후더덕' 배腹를
하늘로 향한 채 떨어진다

봄봄

청매, 홍매
다투더니

참꽃, 벚꽃, 목련 연이어
영춘화, 조팝 어우러진다

쉴 새 없이 한꺼번에
터지는 봄꽃들의 아우성

인간 세상 일 위로하느라
상심할 틈 없는 봄이네

먼지 걷혀 아스라한
짙푸른 하늘
간단없는 봄

날마다 버리라고요

코로나가 꿀꺽

봄 한 개 삼켜 버렸다

아직은 도시의 불빛이 있다

아직은

아직은

계속되면

잃었던 일상이 다시 회복되리라

냥냥이와 댕댕이

맷돌 몇 개
디딤돌 만든
살갑고 작은 한옥
마당가에 댕댕이 졸고 있다

한 조각구름이 장독대
내려와 서성인다

가지런히 줄 선 항아리
된장 고추장 익어 가고
채반에 널린 무말랭이

야트막한 담장 위에
선홍빛 줄 장미

새까만 냥냥이 한 마리

　　　　　　　　날마다 버리라고요

눈알 바삐 움직이며
조심조심 내려온다

저녁 찬거리 냄새 맡고
기웃거리는 녀석

'쉬잇'
잽싸게 녀석보다 먼저
낚아채는 참조기 한 마리

다시 오는 평화

봄까치꽃

얼음 걷히자
피는 봄까치꽃

봄 바닥에 질펀하게
깔렸다

낮디 낮은 자세로
봄볕으로 고개 돌린다

푸른 봄의 전령사
새끼손톱만 한 꽃을 달고 나온다

잉크 빛 새봄
작은 꽃이 아니다

봄 향기 주위를 널리 싸고 있으니

날마다 버리라고요

꽃은 크게 크게
눈에 띤다

작은 꽃이 아니네

사바나

표범이 가젤을 추격한다
쫓고 쫓기고…

드디어 가젤의 긴 다리는
힘이 빠진다

표범은 날카로운 송곳니로 가젤 목
급소를 힘껏 물고 낚아챈다

표범은 가젤을 물고 천천히
나무에 오른다

날카로운 눈으로 주위를 살핀다
튼실한 가지에 '척'
가젤을 걸친다

날마다 버리라고요

가젤의 엉덩이 살은
표범의 밥이 되기 시작한다

어떤 짐승에게는 죽음이
다른 짐승에게는 삶이다

치자꽃

꽃 지면 향 진하다지만
모든 꽃이 그렇지는 않다

농원에서 친구가
갖다 준 하얀 꽃 치자 분

이틀에 한 번씩 물주면서
애면글면 사랑했는데

누렇게 변하더니
순식간에 짜부라져
향도 옅어져 버렸다

언제 꽃 맺으려나
노심하며 기다렸더니

날마다 버리라고요

무성한 잎사귀 속 갸웃
고개 내민 하얀 꽃
향이 나기 시작한다

봉우리 두 개 더 맺혔다
진한 향기 바람에 실어
우정을 보낸다

삶의 시간

시적시적
북한산 오르다가

급하게 굽이쳐 내려오는
계곡물 만났습니다

앞앞이 너럭바위 얼굴
말갛게 씻기고
또 급하게 달아납니다

어디로 가나,
뒤미쳐 내려오는 물에 밀려
앞 물은 볼 수가 없네요

구석구석 처박히며
크게 소리치며

날마다 버리라고요

에둘러 미끄러집니다

고개를 돌려 물이 온 길을
천천히 톺아 올라갑니다

한 발자국씩 점점 과거로
밀려납니다

만물이 계곡물처럼 찰나로
시비할 사이 없이 제 길 갑니다

황망히 눈길 거두고
갈 길 재촉합니다

차경

밤섬 파서 여의도 빌딩되었는데
강물이 서강대교에서 멈칫하니
다시 밤섬이 생겼다

뭇 새들의 보금자리 밤섬
눈이 하얗게 덮었다

쿨러가 왔다 갔다 하더니
푸른 숲이 되었다

물살 가르는 제트스키어들
몰의 위용은 새 빌딩이 삼켰다
금력대로 빌딩은 솟는다

손바닥 창은 밤낮
같은 풍경이 없다

날마다 버리라고요

〈

오늘도 눈뜨자
차 한 잔 들고

하염없이
강물과 빌딩과
작은 섬을 본다

새날을 맞기 위한
침묵의 하늘은

동트기 전 갈맷빛 어둠과
밝은 주홍빛 해가

서로의 몸을 섞더니
액자 가득 추상화를 부린다

상원사 계곡

어디서부터 비롯되었는지
알 수 없는 맑은 물이
개울 따라 흐른다

졸졸 흘러흘러
바위와 부딪치며
밀고 당기며 논다

시린 하늘 닮은
눈부신 청수
맨몸 바닥을 간지럼 태운다

몽글몽글
솜털 세운 버들강아지
고개 내밀고 웃는다

날마다 버리라고요

파릇파릇 여린 꽃다지도
작은 키를 힘껏 늘이네

얼음과 눈이 아직 희끗거리는
자연 정원에 이른 봄이 가득하다

쉬잇, 가만히 엎드려
지난가을 낙엽 배 띄우며
물 따라간다

쉬지 않고 흐르면
어느 강에 도달할까
바다에는 언제 닿을까
상념과 함께
내 마음도 따라 흐른다

가을풍경

덮어주고 가려주던
잎새 떨어진 나무에

빨간 산수유가
알알이 붙어 있습니다

여기저기 무더기로 달린 열매
파아란 하늘이
사이사이 끼어듭니다

슬쩍 한 개 따 봅니다
손대는 이 무안하게
단단하게 영글었네요

보기는 터질 듯 먹음직합니다
한 주먹 따서 아침 샐러드에

날마다 버리라고요

얹고 싶습니다

한 입 깨물면 식겁합니다
'시거든 떫지나 말아야지요'

날마다 버리라고요

어느 바닷가

뭍이 바다가 되고
바다가 뭍이 되던 날
할 수 있는 일이 없었다

너울에 쓸려간 모래가
돌아올 때까지
단지 기다릴 뿐

내가 기다리고
아들이 기다리고
손자가
기다릴 것이다

다시 벚꽃이 피고
아이들의 웃음소리
햇볕에 조는 고양이가

〈

해안에 찰 때까지
기다릴 것이다

생명 달린 모든 것들이
고통으로 신음하던 날
신은 거기 없었다

먼 데서 파도 소리 들린다
쉬쉬하면서
죽음의 땅이라 한다

날마다 버리라고요

넝쿨장미

뒷문 담장에
흐드러지게 핀 넝쿨장미

오고 가는 이 없어
적막한 골목에
봄볕만 줄창 쏟아지는데

어쩌자고
붉게 붉게 피고 또 핀다

아무도 보아 주지 않아도
저희끼리 킥킥대며 핀다

카메라를 들이대니
일제히 '김치' 하고
놀란 듯 소리 지른다

봄을 기다리며

여의못 나무들이
바람에 설레발친다

드리운 해는 물살에 비껴
그림자 조화를 부린다

살짝
무장하고 나와
숨 쉬는 봄이 되어 본다

팔뚝 같은 잉어들
한가로이 노닐고

붙어 있던 왜가리 쌍 웬일로 떨어져
눈치 보며 흘깃거린다

날마다 버리라고요

청둥오리들은
흩어졌다 모였다
잠수 묘기를 부리며 즐겁다

회색하늘에 지나가는 싸락눈
봄을 틔우느라
온 숲이 부산하다

온몸이 귀가 되어
숲의 소리를 듣는다

봄은 기다리기 전에
먼저 와서 서성인다

5부

시백모님의 선물

시백모님의 선물

옷 만들고
짜투리 모아

쪽매붙임한
여름 삼베깔개

철되어 꺼내면
신산한 삶 사셨던
청상의 시백모님 생각난다

무람없이 굴던 내 허물
모른 척 덮어 주시고

뵐 때마다
조막조막 싸주시던 정情보따리들

날마다 버리라고요

섭섭하여 산모롱이 따라오시며
손 흔드시던 노란 삼베적삼 선하다

이제는 안 계신다
오래전에 주신 선물

낡고 헤어졌지만
깔고 누웠노라면

바닥은 시원하고
마음은 따뜻해진다

갈 곳이 없다

울적하고 헛헛하여
길 떠난 그녀를
가만히 불러 본다

만사 제치고 기다려주고
언제나 흔쾌히 동행해 주던
내 주머니 속 그녀

깔깔거리고 퉁치던
간 큰 우리들
시간을 갖고 놀았다

그녀는 기름油을
나는 살肉을 먹었다
우리는 살아 있었다

날마다 버리라고요

그녀를 대신할 무언가를 찾아서

털고 일어섰지만

갈 곳이 없다

부자지간

부자간에 살燚낀
네 사나이 모였다

아버지란 이름에 목마른
세 사나이와

아들과 말 없는 사나이가
한잔 사는 날이다

'자아, 한잔 하자'
호기롭게 술잔 들어 올린다

가슴 앓는 사나이들
상처에 소주를 철철 뿌려
버무린다
속에 슬픔들이 슬슬 녹는다

　　　　　　날마다 버리라고요

〈

'별들이 인간을 비출 때
간혹 빛이 엉길 때도 있겠지'

'묻고 가자
다 풀려면 고달프다'

'짜안'
찬 소주가 들어가니
하늘이 돈짝만 하니
모두 너그러워진다

아! 당신은 갔다

상처에 덧이 나서
꺼이꺼이
쉼 없이 흐르는 눈물
아, 당신은 갔다

해원도 하지 못한 채
언제나 멀리 보이는
당신은 태산이었다

애정 깊어 혹독한 줄 알지만
심장은 벌렁거리고
마주 보면 주눅 들어
시선 흔들린다

한 번도 제대로
사랑해 보지 못했는데

날마다 버리라고요

당신은 갔다

따뜻한 말 한마디 남기지 않은 채
다정한 미소 한 번 주지 않은 채

붙잡고 애원했지만
소용없이 당신은 갔다

어디서 당신을 찾을까
허공에 대고 부른다

속사랑의 깊이 알 수 없어
애태웠던 시간들
우리들의 봄날에
당신은 깊이 웃었다

마음에 간직된
보석 같은 추억의 조각들

맑은 바람에 말려서
가슴에 묻었다

〈
당신 그리우면 은밀히 꺼내어
아름다웠던 순간만을 기억하리

당신은 떠났지만
나는 당신을 보내지 않았습니다.

날마다 버리라고요

승우

꼼지락꼼지락
오물오물거리면서
잘도 잔다

뜰랑말랑 하는 눈이
답답해서
몇 차례 묻는다

'눈 떴나'
집안 내력이 눈 작은데
제 어미 닮아 좀 크려나

혼잣말하는 할아버지
실시간으로 오는
갓 낳은 아기 모습

화상도,
동영상도 흡족치 않아

보고 또 보고
묻고 또 묻는다

아비 몰래 차 타고 가서
손자 보고 싶은 할아버지

수도권 코로나에 묻어올까
손사래 치는 아들

'언제 키워 같이
술 한잔 하나'

왔다 갔다 서성이는
답답한 할아버지

* 순풍, 순풍 낳은 아이들이 골목 가득 채우던 날들은 옛이야기가 되고 어렵게
  세상 밖으로 나온 승우 가족은 눈 뜨기 전부터 축복 잔치다

친구

이승에 살면
그리워할 수 있어 좋고
저승 가면
만날 수 있어 좋다더니

열대야로
이리 뒤척 저리 뒤척
설핏 잠들었는데

친구가 나타나
함부르크 숲 보러 가잔다

야, 숲 보러 거기를 가냐
생시처럼 토 단다

'가스나야 좀 가자아'

큰 소리에 잠을 깼다

여행 좋아했던 친구
같이 못 다녔던 회환이
꿈에서도 말하네

훌훌 날아다닐까
자유로워지니
친구가 가버렸다

날마다 버리라고요

아직은 이별이 아니다

그대와
보낸 지난 시간은
늪에 갇힌
깊은 수렁이었네

답답하고 서럽지만
와상의 그대 상처 줄까
숨긴 울음 그리고
모든 것이 일시에 뚝 멈췄네

따뜻한 온기와
작은 반사도 '화들짝'
반가웠던 짧은
5년의 시간 여행이 끝났다

허탈하지만

이대로
끝낼 수는 없네

젊고 고운 영정 밑에
한 줌의 재로 변한
그대 앉히고

코스모스 한 다발
텅 빈 가슴에 가득 안았네

갓 뽑은 블랙커피 한 잔도
'후' 불어 올린다네

'집에 잘 왔다 여보
내가 갈 때 같이 가자'

병든 몸 끌고 온몸으로
붙잡았던 아내

허깨비가 되어 버린 그는
평생 자신에게 눈 붙이고

날마다 버리라고요

산 아내를 보낼 수가 없다

'이제는 내가 그대를
사랑할 차례라 되뇐다'

그리고
일기 쓰듯
하루하루 다정하게 말 건다

산 사람이 놓지 않는 이별은 이별이 아니다

이장移葬

한 집 건너
큰딸 집

부부는 첫정의 딸을 비로소
품게 되었다

풍천 한설과
물구덩이 모두
물리고

따뜻한 양지 아래
반갑게 만나

세 분이 이웃해
차담도 나누고

날마다 버리라고요

좋아하는 국수 삶아
점심도 드신다

간혹 아이들이 가져다 놓는
꽃도 보기 좋다

'덕아! 너 좋아하는 카라꽃이네'
하시며 미소 지으신다

'여기, 아버지 좋아하시는
조선 상추요'

'시장에 민어가 좋더라
더운데 얼큰한
민어탕이나 끓일까'

'밥 안칠까요'

'현선이도 대학 갔다네요'
'벌써 그리 되었나'

'올해 날씨가 어지간하네
돌집도 이리 더운데…,

아이들 고생이 많겠다
부채 할랑할랑 부치시는 아버지

정다운 대화는 끊임없이
이어지고

찾지 못해 늘
마음 저렸던

날마다 버리라고요

〈

첫사랑 큰딸은 두 분 옆에
나란히 살게 되었다

봉안묘에는 따뜻한
청명의 햇살 살포시 내리고

사방에 벚꽃은 날리고
그 속에
세 분이 두둥실 떠올라
웃고 계시더라

친구 근삼이

모든 것은 잊힌 듯하지만
건건이 기억을 소환한다

몸은 멀지만 귀는 가까워서
생각을 함께한
많은 날들

'독일 오라' 간곡히 말하던
수화기 너머 소리는 유언이었다

해마다 고향을 찾은 그녀
한국 것이면 모조리
짊어지고 갔다

집과 지하실은 그리움의
공간이 되었고

독일인 남편도 손을 보탰다

산타가 보낸 듯한 꾸러미들
멘션그라트 바하 집에서 보낸 3주
이제는 추억이 되었다

바게트와 생수로
다녔던 남편과의
세상 여행길과 달리

맛집 찾아다니며
경계 없는 나라들 여행했던 시간들
추억이 되었다
소중할 때 무심히 지나치면
두고두고 그리움에 목메게 된다

그녀의 전화는 더 이상 울리지 않는다

* 한국문화 전도사였던 그녀가 떠났다

날마다 버리라고요

추석

조용하고 고적하다
녹차 식는 줄 모르고
둘이 앉았다

같은 달 보고 있겠지
산 넘고 물 건너기
번거로운데

모두 일시 정지시킨
코로나의 서슬에

마음만 엿가락처럼
길게 길게 늘여
달빛에 안부 싣는다

부대끼며 사는 것이 인생인데

언제까지 눈에서 마음에서
멀어지고 살까

식탁 위 하얀 촛불 너울거리고
둘 사이에도 침묵이
슬며시 비집고 들어온다

날마다 버리라고요

어머님의 손맛

동지 즈음
알밴 대구
참알은 양이 적으니
물알로 하자
소금 듬뿍 뿌려 하루를 둔다

짠물 털고
그늘에 이틀을 말린다
앞뒤 꾸덕꾸덕하면

김장김치 진잎 몇 개 떼내어
촘촘히 싼 후
김치 밑에 박아 두었다
보름 후면 먹는다

갖은 양념 참기름 넣고 반찬으로,

김치국밥에도 넣는다

알싸하게 김칫물 배인 대구알이
곰삭은 냄새를 내며
맛의 세계로 초대한다
어머님 해 주시던 음식

올해도 어머님 생각하며
대구 알에 철철 소금 뿌린다

날마다 버리라고요

중환자실

눈에 띄지 않는 저승사자
슬며시 남 따라 들어와
배회한다

여기저기 기웃거리며
고개도 갸웃거린다

바람을 휘이휘이
소리 없이 일으키며
덜덜 떨게 한다

'아니어라, 아니어라
여기 모두 무탈하니 제발
다른 데로 가시시요이'
소금 철철 뿌린다

호스와 기계로 포위되어
명운을 알 수가 없다

이승의 끈과 저승의 연이
줄다리기하며
덤턱스럽게 밀고 당기는 싸움이
치열하다

밀땅에 힘 잃을까 연신 소리 내어
정신 줄 붙든다

'안 된다, 안 된다
속지 마라
절대로 가면 안 된다'

힘주어 단단히 끌어 앉고
눈에 힘 불끈 준다

입맛 다시며 들어왔던 저승사자
나갈 문 못 찾아 배회하다

창틈으로 길게 꼬리 빼며

사라진다

홀로서기

한 가지
또 한 가지
울타리 가지들이 꺾어진다

버팀목이었던 사람들
앞서거니 뒤서거니
먼 길 떠난다

늘 그 자리에
있을 줄 알았던 사람들

어느 날
그 자리가 내 자리다
세월이 밀어 올렸다

누군가의

날마다 버리라고요

언덕이 되어야 하는데

떠난 이들의 자리는
높이도 아득하고
깊이는 헤아릴 수조차 없다

감당할 수가 없다
나는

영정 사진

영정 사진을 보면
이 세상 사람이 아닌 것 같다

세계 곳곳을 여행하며
다닌 친구

덤으로 영정으로 쓸
사진이나 초상화도 구하려
발품 팔았다

크로아티아
두브로브니크에서
튕길 듯 푸른 하늘 아래

당코바지에 멋스런 스카프
베레모 쓰고 해맑게 웃고 있다

214

드디어 마련한 영정 사진

그녀는 살아서 웃으며
문상객들을 만나고 있었다

마고, 우나의 꿈

우주인이 되겠다는 여섯 살 손녀들
둘이 머리 맞대고 앉아 바쁘다

별을 만들고
달을 만들고
이글거리는 해를
색칠한다

책상다리 밑으로 들어가
주렁주렁 매단다

한 편의 움직이는
그림 같은 아이들

마고, 우나
다음에 너희가 우주선 타고

날마다 버리라고요

하늘을 날면

하늘나라에 먼저 간 할머니와 할아버지는
너희들을 기다리겠지

우주 공간에서 도킹한 우리
하이! 할머니, 할아버지
하이! 마고, 우나

롱 타임 노 씨하며
얼싸안겠지

상상만 해도 가슴이 뛴다
얼마나 멋진 일인가!

대게

포항 전출 가는 아들
대게 한번 실컷 먹겠다
벼르었다

영덕, 포항, 구룡포 돌며
수조마다 다라이마다 가득가득
넘치는 대게

먹음직한 놈은 비싸서
눈도장 찍으면 마음 동할까
서둘러 걸음 옮긴다

겨우 손가락 같은
다리 쩝쩝대며
게 냄새만 맡는다

날마다 버리라고요

아들 돈이라
못 쓰는
간 작은 여자

아들은 허허 웃었다
그래도 대게 먹었다

아들 팔짱이 찐 대게보다
따뜻하다

병상일기

배갯머리 송사하듯
적막에 대고 나직이 말한다
'서둘러 가지 마라,
천천히 같이 가자'

오랜 잠 속에 인생을 묻고
의식의 파장 속에
바장이는 예순의 끝자락
일흔 고개는 절대 넘지 마라

잠 없어 할 일도 하도 할 사
이제는 잠만 잔다 아주 눈 풀려 잔다
간혹 남의 숨 빌리기까지 하면서
편하게 잔다

한시도 한가롭지 못하던 육신은

날마다 버리라고요

이리 누이면 이리로
저리 누이면 저리로
내 몸이 네 몸이다

사랑뿐인 그는 반야용선 마다하고
이승 저승 경계에서
마음 아파
이별 나누지 못한다

찬양은 뇌파 따라 아름다운
흔적 남기고
침묵 속에 수수되는 의식의 흐름은
뇌리에 무슨 사연 새기고 있을까

*친구같이 다정했던 언니

밴쿠버에서 김포공항까지

이마에 100불씩 택배비 붙이고
11살 우나와 마고는 왔다

'애들아 우리 귀염둥이들'
'할아버지, 할머니!
덥석 안기는 아이들

'어디 봐봐 많이 컸구나
이제 처녀티가 나네'

무던한 어미와 달리
과민한 할머니
처음으로 혼자 오는 아이들

몇 날 며칠을 걱정하며
기다렸다

날마다 버리라고요

〈

인수인계가 끝난 아이들
공항 접수 인정 샷부터 찍어
딸에게 보낸다
'무사히 도착 안심'

'애들아, 어디 보자
힘 안 들었어?'

'게임하고 책 읽고 괜찮았어요' -마고-
'할머니, 음식이 느글거려서
김치 생각났어요' -우나-

'뭘 먹었게'
'치즈, 빵, 라비올리…' 등이었어요

'그랬구나
할머니가 맛있는 김치 한 통
만들어 놨으니 가자'
우나가 엄지척한다

금쪽같은 쌍둥이 손녀

할아버지와 각각 손잡고

공항을 빠져나온다

날마다 버리라고요

소풍

양갱, 센베이 따끈한 커피 싸 들고
달리아 한 다발 안고
소풍 간다

늘 가던 소월로 땡땡이 아니고
주소 바뀌었다
산 땡땡이로

소나무 숲 우거진
조용하고 아늑한 곳

한 그루 소나무 아래
커피 두 잔 따르고
먼 데 시선 둔다

새파란 하늘에 뭉게뭉게 구름

하얗게 피어올랐다

헤어짐이 이렇게
빠를 줄 몰랐다

울타리와 사랑이었던
사람들

온갖 추억들 되새김질해도
늘 새롭다

조카는 말한다
'이모는 백 살까지 살아야 해'
다짐한다
복사하고 수결은 못한다

어머니와 아버지를 잃은
조카들을
내 그리움과 어찌 비교하리

두 분은 무슨 할 말 많아

날마다 버리라고요

커피 한 모금 마시지 않았네

도란도란 말씀 나누는 모습
옛날 생각에 젖는다

하늘공원에서 위로와 사랑 한 다발
안고 천천히 내려온다

언니, 형부 비로소 고개 빼고
어디까지
우리를 배웅하시네
또 놀러 올게 안녕!

꽃 박사

전생에 꽃이었을까
혹은 나무였을까
꽃과 나무만 관심 있네

꽃마다 나무마다
이름 불러주지만 돌아서면
잊어버린다

검색보다 빠른 답
유래 가진 꽃 이름
손안에 있는 야생화 군락지들

의지처 꽃 박사와
앞서거니 뒤서거니
숲길을 걷는다

　　　　　　　　날마다 버리라고요

소소한 위로와 평화를 주는 길들
잘 정비된 공원
두려움 없이 드나들 수 있는 측간

앞뒤 살피고 턱스크 한다
폐에 맑은 공기 넣어
잠시 호강시킨다

운동 필요한 무거운 육신
산과 들에 나서는 일은
명상 같은 시간이다

오늘은 어떤 꽃과 나무가 기다릴까,
온갖 생명들 순환하느라 부산하다
꽃 박사 행선지 따라 말없이 간다

귓불 탓

아들과 별로 친하지 못하고
사는 노부부

어느 날 모임에서
취미로 관상 보는 이 있어

'귓불이 뒤로 제껴져
자식과 소원하게 지내겠네요 그렇지요?'

'글쎄다, 그렇다고 할 수 있지요'
이유가 그랬구나! 감탄하며

마음에 새겨 두었다
집에 와 아내에게 말했더니

'성형을 해보면 어떨지

물어보지요?'
'글쎄 그 말은 못 물어봤네'

그 후 그는 생각만 나면 귓불을
앞으로 당겨 벌겋게 만들고 있더라

날마다 버리라고요

노안

저녁 산책 나갔다
빨간 줄 장미 한 가지와
노란 인동초 한 가지 꺾어 왔다

여기! 호기롭게 내민다

아침에 시들어 버린 꽃들
어젯밤에 줄 때부터 알았다
다 시들어 져버린 꽃이란 것을

노안이 온 그는 보지 못했다

각고의 정신으로 빚어낸
빼어난 작품

독일 시인 라이너 마리아 릴케는 "시는 진실의 내면을 서정화 시키는데 참다운 가치가 있다"고 설파했다. 그렇다면 시를 쓰는 궁극적인 목적은 인생의 해답을 얻기보다는 세상에게 치열한 질문을 던지며 진실 찾기에 투혼을 거는 일로서 보다 좋은 세상을 만들고자 하는 일련의 작업이며 그 정신의 소산이라고 말할 수 있다.

마찬가지로 김경옥 시인이 이번에 상재한 시집『날마다 버리라고요』의 80여 편은 인간과 사물에 대한 각별한 관심으로 빚어낸 빼어난 작품으로서 그의 삶의 궤적과 동일하다고 본다.

그는 한민족문화연대 회장을 역임하였고 우리 사회 특수 분야인 해외입양인 문제에 특별히 관심을 갖고 헌신 봉사하며 국제행사 개최 등 관련 책자를 발간하기도 했다.

　그가 인문학적 소양이 풍부하고 통찰력을 가지고 세상을 바라보는 안목이 깊은 것은 다양한 분야의 독서를 섭렵하면서 인생을 깊이 있게 사유하기 때문이다.

　그는 어느 누구와도 자유롭게 소통하며 상대를 아우르며 깊이 배려하는 인간미 넘치는 인성과 감성을 두루 갖춘 모습이 그의 진면목이라 할 수 있다.

　김경옥 시인은 2011년도에 『현대시문학』지를 통하여 문단에 등단하여 2015년도에 『없어져가는 것들에 대하여』를 첫 시집으로 상재했는데, "현대시에의 새로운 실험 정신과 빼어난 메타포의 두드러진 테크닉을 보여 주고 있다"는 호평을 받았다.

　김경옥 시인의 작품은 시류에 구애됨이 없이 드넓은 언어의 세계를 자유롭게 넘나들면서 다양한 이미지로 작품의 특성에 맞게 자유시와 산문시를 구분 짓지 않고 세상을 향하여 자신만의 목소리로 쓰는 개성 있는 시인이다.

그의 작품성은 영롱하고 섬세한 시어詩語의 서정성을 한껏 발휘하여 감흥에 젖어들게 하는 작품이 있는가 하면, 불가佛家의 무겁고 어렵고 딱딱한 가르침도 그의 시어를 통하면 해학과 유머가 넘치는 촌철살인의 역설적 상상력은 반어법으로 깨달음을 주는 것이 독특한 묘미다.

김경옥 시인의 작품들은 철학적 시각에서 바라보는 인생사를 예리하게 분석하고 조탁된 언어로 중량감 있게 쓰여져 인생을 성찰하게 하고 숙연하게 만든다.

그의 풍자시는 어떤가! 냉철하리만큼 탄탄하게 조율된 언어로 시국 사태를 절묘하게 파헤쳐 독자에게 통쾌감을 주는 각성제 역할까지도 한다.

그는 시인이기 이전에 한 가정에서는 아내요, 어머니요, 할머니이다. 가족의 끈끈한 정과 애틋한 사랑을 진솔하고 아름답고 행복하게 그려낸 작품들은 가족의 소중함을 일깨워 주어 모든 이들에게 감동을 준다.

『열반경』에 생자필멸生者必滅 회자정리會者定離라고

했지만 먼저 저세상으로 떠나보낸 친구와 가족을 그리 위하며 쓴 작품은 슬픔을 뛰어넘어 죽음 너머에서의 교감은 시인의 영감에서 비롯된 수작이라 할 수 있다.

그는 발길이 닿는 곳곳에서 마치 카메라맨이 멋진 풍경을 보고 셔터를 누르면 작품 사진이 되듯이, 시인의 눈으로 보고 느낀 대로 언어의 셔터를 누르면 생생한 기행시紀行詩로 독자에게 유쾌하고 재미난 구경거리를 제공해 준다.

시인은 절대고독 속에서 숱한 고뇌와 번민으로 밤을 지새우며 인생사와 조우하는 동안 인간을 위한 목소리로 간절히 쓴 작품이 알차게 열매 맺기를 기대한다. 따라서 시의 품격은 고상한 논리나 심오한 철학이 아니고 인간의 숨소리와 체취가 묻어나 독자와 공감하게 될 때 살아 있는 작품이 되는 것이다.

김경옥 시인의 작품은 현란하게 기교를 부리지 않고 따분하거나 진부하지 않으며 추상적이거나 관념적이지 않은 것이 대단한 장점으로 부각된다. 그의 참신성과 독창성이 그러한 한계를 뛰어넘어 리얼리즘 그 자체로서 그의 작품이 주목받는 이유가 '신선하다' 라는 점이다.

시인은 작품의 대상이 시공을 초월하여 우주에 존재하는 모든 살아서 움직이는 생명체의 모습들이다. 그는 일상에서 그냥 넘겨버릴 수 있는 작은 것까지도 소홀히 하지 않고 낱낱이 기억의 저장 창고에 차곡차곡 쌓아놓았다가 하나씩 꺼내어 의미부여를 하는 일에 천착하고 있다. 그것들을 값진 보석으로 깎고 다듬어 상품화시키듯이, 자신의 사상과 감정을 승화 시키고 작품으로 형상화해서 세상에 내놓은 것이 『날마다 버리라고요』 시집이다.

김경옥 시인의 작품들은 봄을 기다리는 마음에서 희망으로 가득 차 있다. 특히 시집에 담은 영원히 시들지 않은 예쁜 꽃들은 독자에게 선물로 주기 위해 직접 찍은 사진들이다.
그의 감각과 재치가 시집을 더 한층 격조 높게 만들었다. ✤